36

第36届青春诗会诗丛

《诗刊》社 编

云头雨

朴耳 著

长江出版传媒

长江文艺出版社

朴耳，本名王前，江苏人，1987年生，现居北京。作品见于《人民文学》《诗刊》《解放军文艺》等。

目　录

第二辑　蝉鸣两种

第一辑

火花与冠冕

我们的船即将穿越海峡

行至海峡细长的瓶颈处
沿途，皆是墨蓝的创伤
一艘船静静地漂远
像海的另一只耳朵，失去听觉
我们挥手，打出耳蜗中极速旋转的信号
那艘船停在海平线上
我们看见海豚和散落的岛屿
原来海的影子浮在水面上
比它自身小那么多

于是得到安慰：
我们还可以湛蓝
可以腾空
可以不用收缩影子

公园管理员守则

不可追赶漂走的湖心亭
不可修剪冲出花架的玫瑰
不可打捞掉进水里的月亮
不可纠正走音的口琴
不可揭发混进草丛的麦苗
不可私藏湖面的星海
不可倒出鞋里滚动的小石子
不可打扰夜宿公园的流浪歌手
为变成刺猬的人保守秘密

对称图形

我试着描述一只水边的苍鹭
趋向人的那部分：深深地埋首
啄食，尔后吐出咽不下的颗粒
就像沉默着吐出荒废的语义
它梳理飞羽，不避雨
在细雨中迈出
比雨丝更直的步子
它看到了我
我是它思想的反光

莺鸟之死

大雪将至，天空低矮静默
一只莺鸟于寒潮中死去
僵硬的身体，成为自己的墓碑
昨夜的小小颤抖
没能帮它抵御死亡
雪落下来，世界又将变成一个新的了
一只莺鸟在社会学范畴中死去
莺鸟家族的生物学意义日臻完善
雪中的胡桃楸也在等待一个结果
被折断或是冬眠于根部

我离开背阴的山坡
不再掩饰
延续自昨夜的颤抖

最后的火焰

露营那天，我坐在水边
看夕光一点点消散
鸟儿归巢，草丛里有声音
萤火虫点亮了尾部
一盏一盏小灯有节奏地亮起
像晚安曲安宁的尾声
我忽然想起奶奶离世那天
水边也出现过这样一支
小小的送葬队伍
举着比她这一世见过的还多的火把
送她走过最黑的那座桥

我竟有些羡慕——
并非所有人，在最后的时刻
都能见到火焰

走神规律

杨絮从五月的树梢滑脱
引燃一小堆初夏的火

我看着儿子的脸
汗顺着鬓角淌到脖子
眼角亮晶晶
紧紧抱着我

我们跑上斜坡
看粉色霞
等风吹淡身上的灰

没有鸟停下看
蒲公英不再随风飘
斜坡上空荡荡

冲坡的刹那
我和他差点飞起来
像两架没有翅膀的滑翔机
展开超低空飞行

星星不亮
直到进入隧道
我们才收起所有易燃物
只找光

昨日之鱼

画鱼。画你画过的鱼

画鱼尾上的四时之序、冬夏之时
画鱼的步伐，用伦巴舞快步

画鱼圆形、上升且易碎的语言
以及它身上披挂的未解之谜

画独游的鱼、白色鱼
取消了水的鱼

我原本是想画水

充分必要条件

有些失礼，还很可耻：
当且仅当写作的时候
我才想远离春风和蜜糖
羡慕别人所遭受的苦难
在词穷的片刻
我希望那个与苦难共度一生的人
是我

火花与冠冕

清晨，一头麋鹿在空旷的沼泽水域踱步
蹄印呈现不规则的圆
一圈比一圈大
它高昂着头，绒面的鹿角
像一顶贵重的皇冠
悬蹄踏过水藻，发出脆响
仿佛身后跟着看不见的仪仗与仆从
当海上第一缕阳光打过来
它形而上的角瞬间点燃

我也想回到鹿群
在无人处踱步
头戴加冕的火花

时光剧

清晨，开车途经十二座天桥
十二孔桥洞的阴影里
藏着昨晚的旧梦
与银河。我的车挂满
镶金边的露珠，以加速度逼近

时间的真相。而我
每经过一孔，都似乎进入了
昨日的空房间，事情
还有更改的可能

翠鸟是快的，东风是慢的
落樱是快的，流水是慢的
飞絮是快的，云头雨
是慢的。唯有慢
支配着快的抵达

日落时分，我再次穿过
十二道阴影。每穿过一道
太阳就西沉一点

这人世的幕布

就下垂一分

直线思维

登岛之前，我坐在北海东岸的树阴下
看琼岛白塔
它在日光下闪着某种
庄严而神圣的光
像倒置的手摇转经筒

我走过永安桥，绕顺时针
白塔不见了
我在白塔内部走

从水中央的琼岛看对岸
沿途的曲折与拐角悉数隐去
湖岸失去了起伏
风从各个方向吹来
游船沿直线开
岛上不见圆形事物
除了长廊下的环形阴凉

在岛上走，同时在对岸走
在圆中丧失了圆
如果有人环岛祈愿

他会得到一种地形学上的
圆满：任何一处都是起点
任何终点
都可以不断抵达

遁　形

我坐在沙滩上看海
沙子顺着我的身体流动
我看不见自己
我坐在沙子对我的想象中

牧羊人

总是要等到冬天的末尾
才下一场雪
总是得拐过最后一个弯
才能看见平坦的草场

尽管无法预见冰点到来的时刻
我们还是发现了规律：
雪越大越静，以及雪片
只在午夜发光

有人在雪地丢下一枚松塔
在阳光抵达树冠之前
信众，以羊群的面目
出现

白日梦永恒

眺望大雨将至的云朵
每一朵都不同
云端的原野和废墟
每一块也不一样
它们来自地表，来自海面
来自今天之前
现在，它们将被倾洒下来
作为一种昨日的真实而存在

如果把白日梦倒进大海
是不是总有一天
它会飞上云朵
凝结成大雨
扎扎实实地砸到我身上

盲

虫鸣先于厚叶。

乌鸦先于昨夜突降的闪电。

绿洲先于孤注一掷。

丛生先于蹊径。

水磨石先于眼中荫翳。

焰火先于匠心。

冰山的石化先于月光下暗移的沙粒。

失明者飞驰先于不连续盲道。

童年唯一一次撞击先于隐遁的尾椎骨。

昨日花雨先于佛殿遗址的新芽。

我的盲，先于不成文伦理。

泥泞的天赋

尘暴流离至此的泥泞
是中途的泥泞与此地的泥泞
是不得而知的泥泞，不能说出的泥泞
是只可追溯源头的泥泞
像锈了的金子，均匀地撒满
世间所有无疾而终的凸起和凹陷

平面是不存在的
万物于是在顿挫的泥泞里
暂时消除了差别

雨中潭

爬到半山腰，看到一个
不大的水潭，清透
有眼见的凉
这是六月的水潭
锦鲤堆云
心中觉得虚妄

潭边是繁盛的竹林
中间是一条无遮无盖的路
沿着竹林的起势
我看到寺庙隐现

雨从潭中起。潭是生
也是供养生的死
水面上的终将落于潭底
先化作泥的也会
化作锦鲤
水则更深，更凉

我愿成为潭中一尾鱼
居雨中神灵的居所

有跳跃的仪式，寂静的生死
还有月照与竹林风
每一次腾起时的停顿与摆尾
都是某种来自水潭深处
无声的提示

在夜空寻找鸟

听温热的风盘旋上升
听树林哗哗作响
听叶面的纹路投影到天河
在夜晚，星不移
鸟儿不飞
只有风一直吹
飞，便不再有隐喻

那么，是鸟的翅膀按住星群
还是星群压住鸟？
一想到这，我的肩胛骨
突有一阵隐隐的酸痛

木星信仰

梦里去了木星
带回蓝色漩涡
置于屋顶

电子沿神秘路径飞
乱流无轨迹
哪怕近在眼前
拿捏它们的力道
至今无法掌握
总是这样吧
越小的东西越抓不住

能抓住什么呢
石质内核是太阳酝酿了
几个世纪的风暴
不属于耀眼恒星
它是最清澈的瞳仁
投向木星的映像

在尘埃与气体构成的
巨型星球上

未来表现为一种
看得见的实体

再见了扁球体
再见清晨四点的屋顶
惰性气体是我留在木星
灰蓝色的信仰

清 单

在明天的喑哑来临之前，我将说出：
一段即将开始的旅程。
消失在密林深处的蹄印。
一架与星空同行的航班，随之
产生的永恒螺旋体。
来自树梢的坍塌，篝火中奔跑的夜行动物。
七月墓园的清凉给死者
带来安慰，守陵人把碑描红。
群鸟飞离树巅，有人远走。
蚂蚁留给浮世的呜咽，不悲凉。
蝉蜕的战栗和晕眩——
传自太阳的隐疾。
一根草叶的阴影和朽了的根。
空原野，站满愁容的马匹。
三万只蜻蜓振翅，风里
灌满甜的乙醚。
在湖边钓鱼的人，吊钩和身体依次
变蓝，鱼饵是沉底的动词。
以上种种，我将一件一件详细说出，
之后再不发出声音。

海棠拳

躯干细直，花朵连成蓬松山丘
海棠的分歧，从根部已现端倪——
斜出的分枝制造了更多
粉色的缓坡，更多灼热与柔和
它是那么妥当无争又饱含委屈
我理解海棠发自肺腑的缠斗
它的骨和肉，持续推翻它深埋根部的心脏
正如这一秒的我正在推翻上一秒的我
上一秒的我
接连从山坡上滚下来

羽　化

一阵婉转的啼声传来

他听到与己对应的虫鸣

那声音犹如林中利剑

急于吐掉胸中燃烧的马蹄铁

一声声斜刺进树干

刻下赴死的决心

另一种虫鸣加入了

他听出声音中的结晶

声带剥落的倒刺析出皎白颗粒

仿佛鸣叫的不是晨雾中的昆虫

而是一面光洁的盐湖

有东西沉入湖底

盐湖被抬高三寸

后一种虫鸣扶起前一种

树林在它们的和鸣中暗自矮下去

虫鸣渐渐息了

他看到一双夺目的蝴蝶，从容飞出

在晨光的加持中
脱落两件灰色的羽衣

不知雪

船

黑沉沉的冬夜
雪是不断靠港的船
又陆续消失

白　鹭

用沉默平息躁动
这是冬天的第一场雪
我在窗边听到落雪声
有一只白鹭
落入无边的松原

挂号信

这场雪像一封
寄丢了的邮件
最后，连寄件人
也找不到了

风　琴

初雪踏着格鲁吉亚民歌里的
风琴节奏
雀跃和悲伤同时发生

银　杏

我甚至快忘了
上一次在街边长久静立
还是去年秋天
那时银杏树的金箔衣
刚刚被风吹落在地

坠　梦

在梦中
我想接住
漫天坠落的词语
可它们还是像雪片一样
化了

冷烟花

雪不飞
它是烟花的倒影

慢镜头

最小的雪
以最慢的速度死去

守护者

为了守护唯一的文字
废弃的寺庙和山下的小盲校
在昨晚的大雪中完成交接
孩子们闭着眼睛笑
远处，一扇扇窗户
被推开

误　伤

初雪是炎夏的一枚流弹
轨迹可循
动机不明

安　眠

下雪的时候
动物们仿佛都睡了
雪停后，晨雾用哑光
沁透鸦鸟冒失的喉音

雪　桥

无声熄灭的枯枝
在雪后连接了星河

岸

太阳出来后
湖中央仍有一层薄冰
野鸭正奋力游去

伽　蓝

雪铺满寺院每一张瓦片
佛寄身于苍生
苍生不知

忘　言

积雪经过屋檐
变成雨
我经过这里
没能变成你

底　细

那天我们坐在湖边长椅上
看了会儿山，还看了会儿鱼
湖区是暗房里的底片
在午后的微风中慢慢显影

天越暗，事物的轮廓越清晰
后来，看鱼的人变多了
到底是人先来的，还是鱼呢
他说，大概人群里有鱼，鱼群里
也有人吧。所以这个问题很难说

他看了我一眼，似乎在等什么时刻
我缩了缩鳞片，咽下气泡
这时他站起身，说一起去游水

悬挂的捷径

最先扭头看的人
看到高出地平线的火车
和迫降的夕阳
更善于观察的人
看出它的慢

起初，我们总是并行
有时火车会被树林遮挡
接着出现几个桥洞
你可以选择一个
或者一个都不选

穿过桥洞的人
在天黑前抵达
什么都不选的人
看到一整面连贯的光景

禁　忌

阁楼上有个疯子
原是诗人手中生铁
生铁灼伤了诗人手心的茧

疯子用篷布分离阁楼和草原
诗人用老茧耕种荒芜的星野
疯子使劲一抖篷布
掉下一块浆黄的水田
于是诗人和疯子一起
耕种乱章和昼夜

在一个良辰吉日
它们被编织成疯子肩头的花布
疯子扯下花布
在星野下赤身裸体

碎了的花布闪闪发光
像极了诗人歌颂的万物
来自生活却不及生活的十万分之一
高于生活却对生活绝口不提

冰湖寒

释比日达木基走过结冰的湖面
准备去为一个新生儿命名
昨天他还敲着羊皮鼓
去邻村给一位亡人超度
明天就是立春
他要给村人多打几副农具
再为他们的收成祈愿
在春天的集会上
日达木基会戴着猴皮帽
身着对襟坎肩、白裙白绑腿
在神灵的化身和诗歌的传诵者之间
变换舞步

湖面把太阳锁住
喇嘛多玛在湖边修行
没有鸟飞过
也没有水流
通往外界，这是
唯一路径
这路多玛一年只走一次
做完早课后

多玛就在湖边冥想

十四岁的小喇嘛说

功课完成，晚上的梦都是好梦

梦里能听见释比日达木基

吹奏羌笛，笛声悠远

这是日达木基为若尔盖写下的

不朽诗篇

考古队的几个年轻人

拜日达木基为师

学奏羌笛

日达木基除了是铁匠、释比

还成了老师

考古队员在工作报告中

详细叙述了发现史前羊粪的经过

以及持续数年的治沙成果

日落时分

他们的笛声让喇嘛多玛

做了不同以往的梦

梦里

冰湖还没化冻

星空下尚有一块

安静的土地

第二辑

蝉鸣两种

观　鸟

蓝色尾羽的灰喜鹊在鸟岛外围盘旋。
从蒙古栎树的密叶中,
飞向白皮桦的环形迷宫。
这种鸟不上岛,居边缘地带,
机敏轻盈。飞行的最后时刻
收拢双翅滑翔——
整个飞行过程中最美妙
最平稳的姿态,
来自不飞。

蝉鸣两种

初夏的蝉鸣忽地就起了。不能——
回答，这来自树梢间的质询
高处的蝉鸣像一把锐利的冰斧
持续锤击我的后背
我面向它，却接不住

另一种蝉鸣有着令人困惑的延宕
既灵动又迟缓，它来自我自身
闭上眼的时候它叫，一睁眼它就噤了声
此时，我的背部显现出一种
更深的陡峭和更大的决心——
等待被击穿

座头鲸

药在炉头翻滚，
瓦罐被熬成茶褐色。
时间是洗不掉的药渍，
点火时面目全非，
静置时清晰可见。

这服药外公得分三次
才能喝完。像个
从未尝过苦味的孩子，
咂舌、流泪、抗拒……
八十五岁之后，
外公的冬天铺满药渣。
白天总是昏睡，
后半夜怒气冲冲。
他不肯把时间
分给现在和未来，
而是在记忆中
把过去擦亮。

这样的记忆每天只有六小时。
四小时用来回忆，

两小时努力陷入回忆。
想起的大概是五十年前
砸中他的房梁，
以及在那个同样寒冷的冬天
被冲上滩涂的座头鲸。

更多时候
他靠在门边发呆，
然后睡着，
头重重地垂下。
不再关心田里的耕作
靠港的渔船，也不在意
漏雨的羊圈和外婆的嗓门，
只在我们离开家的时候
忽然睁开眼，
像那只搁浅的座头鲸，
发出巨大的悲咽。

愿望博物馆

从自然博物馆出来，我开始许愿：
给我一盆绿藻
就有了通行证穿越寒武纪
我要一头狮子以及覆盖草原的权力
养一匹马
灵感来自方圆千里
捕获一只蝙蝠
就拥有一支黑帮
我喜欢驯鹿
它们跳跃时能还原诗意
还是豢养猎豹吧
我要控制闪电
我选择老虎
同时选择心腹之患
我的愿望是得到一只海豚
美德令迷航无力反驳
为猫头鹰疗伤
然后接受它的祝福
我看中了鼹鼠
我想要随意躲藏的能力
不如给我一头非洲象

我宁愿与暴君共处

让我驯服一只鹰

之后驯服自由

养一只比目鱼

容忍矫正不了的偏见

我想要一只猴子

请它演出孤独的喜剧

是不是学会了蜜蜂的舞蹈

就等于无限接近了神旨

还是把我变成蚂蚁好了

一生只做一件事

夜的箴言

听说，钻进花蕊的蚂蚁
喝了最甜的雨水，会在
下弦月之夜抱着它的玫瑰

听说溪流是江河的眼泪
流进野马、狐狸和蜻蜓的嘴里
于是这世上便有了沉郁的野马
愤怒的狐狸和狂喜的蜻蜓

听说鳄鱼面前的猎物
越多，捕食的感应器
越迟钝。所以流血的非洲象
总是派出一拥而上的角马和瞪羚
充当迁徙的先锋

听说天眼发现了最新脉冲星
云图排队接受扫描，拳头们
跃跃欲试，仿佛明天
就将截获外星文明

听说前行的时间会在某一点

停顿，并与过去重合
这就是似曾相识恍若隔世的起因

听说离开故乡的人
下辈子得换个地方投胎
故乡成为故乡
这件事只有
一次机会

听说，人们会在太阳下
高谈阔论
只在夜晚吐露真心

风与水手

风掠过站台
停在花园上空
花园仿佛狭长海角
漂浮在风口

年长的水手靠在长椅上
进入睡眠
蔷薇花架无节奏晃动
他梦到帆
好像又回到浪尖的海角
心里鼓满风

雨天穿过隧道

先是看见一只受惊吓的鸟
然后看见闪电
之后听见雷声
事情的先后位置被神秘的拱形更改
可能它并不是一条隧道吧
也可能它是只有我
才看得见的隧道

雨不停
自上而下坠落的秩序不会更改
我打算离开隧道
沿另一个平面的秩序
垂直向前

穿过了洞口的大雨
雨来自隧道内部

鹈鹕岛落日

同时擅长飞行和凫水
其实就是擅长
抓住振翅的思想

当最后的夕阳掉进湖心小船中
随波浪摇晃着，驶向岸边
成为暮色中最后熄灭的光源
卷羽鹈鹕乘着上升的热气流滑翔
巨嘴里含着浅睡的太阳
掠过地平线
发出光滑的哑音

蒸汽球场

不知什么时候
拐进公园僻静的小路
两边都是叫不出名字的
树和野花

在一个蒸汽升腾的正午
我快走着
想穿过无声的公园深处
一个小篮球场适时地出现
打破我隐隐的担忧

它突然地到来
又立刻离开
让我想起有一年夏天
无人到访
也无人离开
那个五月发烫的正午

不兜风骑手

我是十二月骑手
不兜风骑手
骑得这样慢
也会在转弯的路口摔倒
没有地址给我
我厌倦当一个骑手
骑手的我和被撞的我
遇到目击者的我
不相认

依旧得不到地址
全是错落的空白与一段又一段
人世的真空
我怀疑，昨天记下的地址
根本就是个漫长的玩笑

野马穆乌克

穆乌克在树林里走
在雨后的雾气里走
在云上走
穆乌克在厚厚的针叶上走
它听不见自己的蹄声
像一千匹骏马奔跑的响动

穆乌克在树林里走
走出树林就是草原
它找不到路
穆乌克跑进夜里
天空后退，黑蓝的海迎面而来

野马穆乌克是草原上最小的星座
同其他星座一样
在夜里回故乡
穆乌克就是自己的路

大风蓝色预警

可以斜着走
可以不按计划路线
大风来之前，我已经走上相反方向
练习后退
风声起了，一阵阵
像巨鲸在干呕
我控制身体，努力保持平衡
风更大了，又把我吹向原来那条路
我抱腿蹲下，想抵抗
这一刻，我感觉自己变成那头鲸
闷闷地坠入海底

秘密天梯

我知道最高最暗的山顶，有一架
发烫的梯子通往月亮。经过时
我就屏住呼吸，山下的我
便会消失几天。当我不动声色地回来
披着一身银白色尘埃，我就能
凭借它认出，所有颜色的灰——
所有遁世的同类

樱桃园假想

我站在樱桃树下，樱桃藏在叶子后面，
暗红的、正红的、粉红的。低处的都被
摘光了，有人攀上树干摘高处的。
如果我是樱桃，我就当那颗还没变红的，
谁都不去摘。不然就当樱桃园角落里
那株桑葚树，樱桃没掉光，桑葚子
还没到成熟的季节，还可以装一会儿
局外人，然后无忧无虑地变紫，
直到愉快地掉进土里
或被鸟吃掉。

学　步

他在草地上晃晃悠悠走，
很慢地朝我走来，不同于
任何一种慢：两只胳膊向前伸着，
像练习飞翔的小鸟
向着快的那种慢。我知道
在这之后，我就得跟在他后面跑
直到跟不上。这一恍惚，
仿佛看到向我走来的
是我的妈妈。

一棵树经过我的窗口

秋天它闪亮的叶片曾涌入阳台
点亮整个屋子
冬天时，它又坐在椅子上与我交谈
它经过我，比我更熟知我
那些被涂抹的、极力掩饰的部分
以及其余端正持重的部分
若它会再来
我会向它索要一个小小的锚
像抛出一朵坚硬的海星那样
请它固定我的窗口
并深深地扎进
自我的深海

草月刀

芒种将至。北方准备镰刀，
南方准备大河。我的头顶始终荡着
一朵云，中间厚，四边薄，
仿佛一面凸透镜，使光在田野上
有了更多转折。于是稻田更热，
麦子金黄。

我是一粒微尘投射于大地的虚像，
倒立着，滚烫。
备好行李和季风，
没有月亮，我不走这条路
去异乡。

同蚂蚁说话的人

他蹲在路边，埋着头
同蚂蚁说话
我听不懂蚂蚁的语言
看起来他们在讨论刚才的雷声
或许他给出了一点关于搬家的建议
蚂蚁走走停停，算是回应
他俯下身去，像是在请它们看他的真心
现在他开始哭
我猜他很想变成一只自由的蚂蚁
爬上草尖或者钻进地里
要么快乐地活着
要么干脆死去

多疯狂，他在同蚂蚁说话！
多幸福啊，他知道怎样同蚂蚁说话
这是我小时候才有能力
做到的事

开始下雨了
他仍蹲在那儿不动

我也不忍心打断一个
同蚂蚁说话的人

退役的闪电

在铁路局退役机车封存基地，几十辆
黑色蒸汽机车整齐排列在铁轨上，形成
一个神秘的圆。如此庞大的队列
像阅兵分列式上的士兵，庄重威严地肃立。
这是地上的闪电，穿越平原、江河与峡谷。
我听到天空的轰鸣，在钢铁上迸发。
现在，它们无声地集结在神秘的圆形半径
轨道上。所有车头指向同一个圆心。
我突然心跳加速：这里，可能就是
世界的终点！

慢星球

我看云，只看云
不看掀云的风
我画燕子，只是画燕子
并不画它飞翔时翅羽间的深意
我说我，就只是在说我
正写下这行字的我
而非从纸上跃出的我

如果所有事物都没有多余的含义
这颗时常低速旋转的孤独星球
将会体验到怎样的轻快啊

山雀的徒劳

山上的与水边的是同一只
清晨看到的与睡前听到的是同一只
啄木鱼的与喝井水的是同一只
山雀耽于凌空而起那一瞬
选择放弃脚
放弃立足之地
想通过一次飞翔把自己从低处删去
人类也有相似的徒劳

月光温室效应

植物向着月亮开花，藤叶在温室上升
形成气旋。蟋蟀的合唱向下
一声一声，在泥土上凿出小洞
给温室晕染了一层柔和的革质光泽。

番茄更红了，西瓜溢出蜜
温度变暖。月光温室有一盏
无影灯，可以化影于无形。
某一刹那，我好像一下子看清了
生活的纹理，于是我拿起刀
把自己剔除。

第三辑

石 榴 力

玛珥湖光

在热带植物园
羊角中学的学生正坐在湖边
听老师讲解火山湖的成因

此刻的玛珥湖
正承接日光
像一面碎了的镜子
晃动着

学生们无法从水面
甚至任何东西表面
轻易判断时间的走向
只有在日光无法完全
到达的角落——
湖底的火山石上
大叶榕摇摇欲坠的红色浆果中
树冠层叠的空隙间
苍鹭衰微的鸣叫里——
朝阳和落日才有了细微差别

这么多年

观湖的眼睛是同一双
暗对于光的领悟
比谁都要深刻

花的燃烧

河边有一株凤凰木，遮天蔽日的树冠
吐纳密集的思虑。花瓣燃起
绯红火苗，暮色加重

有一个男人背对着河，在树下
俯身哭泣。像一个身披红色袈裟的人
代河水，向火焰忏悔

关于淤泥的揣测

有人把一盆淤泥摆放在暮春的广场
里面埋着枯枝和种子
淤泥在深处用力
我看到它的构思与野心
后来，它开出白色睡莲
用暴力美学解决了思想难题
在这之前，我从未翻动过属于我的那盆淤泥
那盆黑暗的、不洁的、丑陋的淤泥
而这一次，竟有花苞
从泥里探出来

星船舰队

一个男人在午夜的护城河边抽烟
一根接一根
烟卷亮一下暗一下
一颗又一颗
他是一个拿捏星辰的人——

伸手摘下，再把它们放进水里
很快，他便拥有了一支舰队
每摘下一颗，夜就更空了
他就离银河更近一步

护城河的另一边，正有人拿着
捕梦网，准备打捞什么

云头雨

云头雨停在半空
洒一场被惊扰的梦：

最干净是草叶的泥土
最温暖是银鱼的海水
最绚烂是乌鸦的瞳孔
最开阔是稻草人的麦田
最明媚是睡莲的蕊
最喧嚣是无名者的沉默

真相衔着暗枪从云上滚落
太阳和谎言
一同存在

隐士航线

黑颈鹤收敛前世的鳃
昂着光滑的颈
藏起鳍，并拢腿
凭感觉飞

这一队飞往草海
飞过雪山和层层荞麦
离开四千平方公里的孤独
循月光
像一尾慢放的流星
匀速划过

这是隐士清修的夜航
有预定航线
偏差达成理性的感情用事

尽管如此
雨仍是前世的
每一条航线都通往海

落日与流沙

傍晚时分，出门往西
与落日相撞
海的心跳在沙滩留下水印
一张起伏的心电图
悠长而暗淡
无人问津

阿婆削开青椰子
递过来
我听见夏天从喉咙
跌下万丈深谷
还听见潮水
一遍比一遍轻盈的呼吸

光到底消失了
游完泳的俄罗斯人
走过微凉的海滩
发红的身体收起天空最后的颜色
即将落幕的交响乐
演奏至最后一个休止符

这一日虚光

没有回响

连一点影子都不留

麦草方格

扎下去吧，捆住沙子的脚，
变成根，让它攀附和生长。
让沙子结成矩阵，而不是
呼啸的沙丘。让它抱团
让它沉默，成为时空中无限小
又无限大的井。让雨
落进来吧，让沙漠成为
太阳下的金色麦田
吞掉锈蚀光斑。

从现在起，你不再是
空心的废物，你是救命稻草，
是不朽的拓荒者。

石榴力

剥开光滑的球形浆果

可以看到半透明的六边形种子

按某种神奇逻辑排列

这样的无序，构成了一种

近乎圆满的秩序——

几百粒规则的几何体

共用一个灵魂，一个向心力

它们紧紧拥抱

组成一个多汁的小天体

带着陨石的冲击波

准备发动一场

甜蜜袭击

六月瓦蓝

在夏天，影子是突然涌现的
就像青翠的爬山虎一夜之间攀进窗口
影子只需一秒
就把六月涂成瓦蓝

飞机是蜻蜓的影子
鱼是鹅卵石的
彩虹是喷泉的

一只乌鸦从我头顶飞过
我是它不要的影子

悬　停

傍晚路过城市高耸的烟囱
忽然体会到一种质朴的工业美感
天上的光一颗颗落地
平原上，筒状森林和稀薄白烟缠绕上升
我记忆中的爷爷，一个久患咳疾的老烟枪
一定曾悬停在这顶孤独的烟囱口
冒着再次坠落人间的危险
埋着头，深深地吸进最后一口
温暾而苦涩的烟火
飞走
掉下一对
衰老的翅膀

童年经验

一夜大雨，地面浮着亮晶晶的水洼
儿子骑滑板车来回冲过小广场
溅起好看的水花
我没有阻止，而是让他一遍遍练习
稳住车把，水花再压小一点
不要溅到旁人身上
他像一个勇敢又欢快的小舵手
不一会儿就掌握了
滑行于不同路面的技巧
积累了一些
从容穿越低谷的经验

针脚修辞学

时间的顶针帮助冬天
穿过夜的旧针脚
在天上缀满阴郁的花边
这项技艺将要失传
若是勤加练习，可以熟能生巧

例如二月打算从枯枝的底线
开始撤退
那么掐准时间
练习分秒不差

小雨莅临嫩叶的弥月宴
就请准时到场
练习给新生儿唱赞美诗

松鼠要在橡果上写下
从树梢到树干的旅行经验
只要练习握住新枝的笔
仔细分辨核桃树与橡树的差别

蝴蝶扑扇翅膀

练习隐身术

请森林退场吧

给方向感空出一块土地

有的技艺则需要搁置，温故而知新：

笔耕不辍并非每次

都指向灵性的坐标

不如排空墨水

等待下一个更深刻的吸引力

遇见黄昏的总是那些

滞留的旅客

这是航班延误的送分题

连接与中断需要一座桥

作为间奏

休止符使乐曲更动听

收藏一面湖就有机会

欣赏一场雾

再造一艘小木船

便可划向湖心仙境

如果你想得到时间的象征意义

可以先学会穿针引线

对准光，再把线捻细

如果你想使用一种修辞
来抵消时间的旁敲侧击
只需把顶针上的小坑
当作跳板
再给夜空穿一些
新鲜的针脚

橙光轮

经过铁道桥
我开车驶向巨型夕阳的庆典
仿佛前面是火焰
后面是不断涨水的河

驶向漫溢橙光的大圆轮
转瞬的静将我推远
羊群不见了，乌鸦不见了
高处的石斛和铁轨旁的小水库
也不见了

喊我回来的是风的一截软骨
卷了边的月光
是忘了姓名的故人
以及我挂着九百个星辰的屋顶

一片瓦当恰在此时掉落
星星顺着我的披风
滚落进小池塘里
造成流水的短暂停滞

和夜空永恒的

镜面

哑　弹

老　屋

农场有五个连队。
一连沿河而建，
挨着河的依次是杨树
棉花田和空着的粮仓。
我总能第一眼认出外婆家的老屋
窝在一排几乎等高的房顶之中，
像一条旧拉链，
在强行拉拢暮色和炊烟之后
出现缺口。

过氧化氢

二连的夏天泡在消毒水里。
东边是农场医院。
场长家养的那只独居的雄孔雀
常常以突发惊厥的姿态，
对着笼旁的一棵银杏树开屏。
来宝家服务社门前的空地

被高危药水洗得惨白。

断　桥

一条废弃多年的河
把二连和三连隔开，
水葫芦和菖蒲霸占水道。
小石桥早已不渡人，
它只一遍遍委托流水
带走拱形阴影。

长牌高手

鱼塘、蟹塘在四连形成聚落。
从卫星地图上看，此地
像一个正在开发的人造景区。
海洋禁捕期是它的旺季。
淡季一到，男人出海捕鱼，
女人在家撒网，甩出
黑白长牌，收回河豚、鲻鱼
眉头鱼与泥螺。

赶　海

五连在老海堤外面，

滩涂连着盐碱地。
下海的拖拉机在秋天傍晚五点半左右
准时返回，停在
海缘水产公司的洋灰地上。
穿着连体橡胶服的渔民
下车分装文蛤，
指尖捏着标准。
没人说话，
似乎一说话就会掂错
沉默的斤两。

六　连

六连是从地里冒出来的。
几排一人高的小别墅整齐排列。
外婆也早早为自己和外公
置办了一套。
门前落了几粒松塔，
房后是高高的玉米地，
东边是老海堤，
西边是不再行舟的河。
这位一连的长牌高手
安心捞起她的河豚、鲻鱼
眉头鱼与泥螺，在六连
打出一枚时间的哑弹。

蓝的尽头

积雨云酝酿了一上午
像撕开的棉絮，缀满低垂的天空
午后时分，大雨向东倾斜了
内心的暴雨瞬间倾覆，注入
不断涌动的、藏有墓碑的歧路
我知道，铅蓝色的天空其实
比我看到的还要大
就像这世上，填不平的东西
永远比我想象的多

我守在雨前的黑暗中
默默打开闸门，等待被雨浇灭
等待雨后天空出现
悲伤到没有一丝杂质的蓝

任意门

花园入口藏在海棠堆叠的袖口
多云时闭合，雨后显现
再沿着花枝展开一条冲天小径

花园入口藏在云雀扬起的微型风暴里
以左翼为原点，五月为半径
柳絮、光斑和尘土
组成旋转的星系

花园入口藏在叶蝉喧哗的腹部
宣告着蓬勃，宣告着躁动
宣告着张开之后迅速闭合

花园入口藏在夜晚的池塘中
莲叶把闪着露水的蛙鸣托向天边
天边传来闷闷的回响

花园入口藏在向日葵的花籽里
剥开壳，往身体里种一个
脆生生的秋
一圈圈年轮扩散后收敛

花园入口藏在园丁的手上
举起水枪，喷出一道彩虹
彩虹下面
是通往另一个花园的入口

四九第一日

还不是最冷的时刻
我们跟随引路者进入森林
太阳侵入林间空地
一寸一寸光向西
阴影东移

冬虫翻覆温热的土
在高飞的羽毛深处昏睡
还能否认些什么呢
它把自己埋在最低处

又有一小撮鸟群飞离树巅了
剑麻丛下
马蹄印像凭空消失的句子
隐匿于
没有星斗的夜空

檐上雪

仲夏，梦到上一年的雪
有无尽凉意
想起偏殿繁复的斗拱，似叠云
捧起檐上雪，起承转合
并产生了一种
倾斜的象征，延至三丈远
令其有别于松尖雪，有别于
石上雪与溪边雪
令其在隐世之前高高地翘起
以柔软的姿态
勾起人间茂盛的虚无

四 季

晴空是七月碧波与莲池间的留白
为了不虚张，让自己
像一只空蝉
选一顶硕大的莲蓬趴着
空洞地忧郁地
随之被赞赏：
"听，那蝉竟一言不发！"

冷雨是十月空山庙门的回响
为了不渲染，蒲团托起
膝盖和苦怨
瘦削寺僧兜住一袍风
对于众生的祈愿，佛陀
只是低眉

细雪是腊月草原羊群的披风
为了不盲从，做一只雪地里
有方向感的羊也未尝不可
跑上最高的山丘
察看一番
此地不宜久留

微风是四月纸鸢游丝的搔痒

为了不狂恣，去春风招展的深谷

寻南山豹隐

留在那里

等晚霞满天

第四辑

十四度盐

黄昏伞

准备出舱——
跃出
我蜷曲身体，抱紧备份伞
落日和我在同一高度
俯视平原，我触碰
装甲部队的感情线
以三处起伏，勾勒出
隐秘河川。转向东南
军舰在海面打了几个结
海鸥衔着夜幕，飞过结点
继续下降，山峦正在战备拉动
墨绿的伪装一浪高过一浪
我的耳朵里灌进
群马搅动风暴的声响

两架战机滑过眼前
两颗星球尚未命名
我是这个编队缺席的
另一架僚机

世界是一个巨大的沙盘

还有五十米

我将着陆于最低处

低于飞鸟和游鱼

低于墓碑和青草

像一个婴儿

重回母亲的子宫

作为绝密撒手锏

把自己派遣

十四度盐

从金色头盔换成蓝色头盔
他在齐步与跑步之间
握了十万次拳
攥着这期间坠落的
所有苹果，抵御载荷
十四度仰角起飞时
他收集苦味，播放
二十四帧蒙太奇：
以最低高度三十米
练习钻山沟，用橡皮和铅笔
处理旧肌肉记忆，再给行进间敬礼
补充一个加速度

现在可以放点糖了
让模拟数次的自由空战
来点新花样。请蒙上双眼
准备夜间着舰。在海上的火柴盒
变成一条线之前，停止想象
信任空中的电波和逆风
把速度拉上去
沿着那条隐现的光路

稳稳刺破
倒带，舰载战斗机滑过
甲板的时间轴

飞行的时候，他们是
神秘的天才诗人
不肯透露
调制十四度盐的配方

准星与兔尾草

五小时之前，他跳进观察点
一个河边的土窝子
伪装起来，像一条墨绿色的蜥蜴
盘踞在领地上
一动不动

这段时间内，一些动物
在准星附近出没：
首先是一只野猪
在土窝子前方不远处
用犬齿掘土，翻捡
层层栎树叶下的橡果子
接着是一头成年黑熊
在树上摘蜂巢和山核桃
并且它似乎看见了土窝子里
趴着的这条奇怪的绿蜥蜴
银色的河边，一头雄性马鹿
正在喝水，硕大的鹿角
晃动着珠光水雾
还有机灵的野兔、狐狸和松鼠
绕过催泪瓦斯

在安全范围内活动

他感觉自己跟着夕阳
一同下沉，渗到
慢慢凉透的土里
据枪的手、麻木的右脸
肩胛骨和左膝，化成老树根与河流
向下生长，把这一天
无限延长

目标终于出现在瞄准基线中
测距——瞄准——击发
命中！
"即刻撤离！"
他扶了一下耳麦，迅速
向后退去。手中的狙击步枪
随无线电隐没

瞄准镜上，不知什么时候
卡住了一根兔尾草
金黄的圆锥花序
在夏夜的晚风中
疯长着

环行记

火箭发射倒计时，点火！
后羿射落的太阳复活
雷霆上演哑剧
它要在太空站十五天岗
最后返回四子王旗
第六天在轨飞行时
它拍下巡逻的舰队
青灰色军舰默立于南海
太阳下的哨位泛着金光
第九天，它看见隐形战机
掠过雪山迷障
又一个哨位出现后立即隐藏
第十一天，一列火车满载万马千军
从东南转战西北
这是一个移动的哨位
即将给苍茫
添加激烈的注脚
十五天，比一场古代战事
还要漫长
它是刀枪剑戟、斧钺钩叉
它是巡航的哨兵，一招御敌

第十五天，返回舱落在阿木古郎草原
从极致的冷到极致的热
它从新兵变成了老兵
急剧坠落中，它发现了一处
大漠中的哨位——
黄沙卷地，十几座墓碑军姿挺立
年老的功勋犬在墓碑旁站岗

一个士兵的遗书

这是我第一次给你写情书
在两军对峙开始后
第一个没有月亮的晚上

我正躺在帐篷里听风
睡不着
想到吹过我的风再过不久
又将吹过你
就觉得有点浪漫

几天前在阵地上，我捡到一枚
小石子，天天摩挲
它像等待军号吹响时我跳动的耳膜
让据枪的手，一刻也不敢松动
还让我的脚，像鹰爪深深扎进大地

在引信引爆战斗部之前
我是一支拉满的弓
紧绷且酸涩
却觉得幸福
因为你正睡着

或许还会梦到我

当今晚的乌云被雪峰截成两段
我从雷声中辨认出坦克的轰鸣
那轰鸣有我从未听过的
愤怒与悲恸
仿佛交响乐团的低音部
在喜马拉雅遥不可及的穹顶
展开最后的合围
——曲终

想你
想你触不到的指尖
划过我的钢盔
如果我最终
以雪的形象汇入茫茫冰川
成为覆盖冰原的最后一块墓碑
你可以拥抱我吗
紧紧抱住我吧
用你滚烫的身体抱住我
让我融化在你的手心

再见，我的爱人
此致
军礼

请不要太早

把消息

告诉我的妈妈

决战三号院

夜间第五班岗。三号院里兄弟们
正睡着，他准备去守卫他们的鼾声和梦呓。
门口的路灯闪了两下灭了，黄鼠狼跑进
灌木丛。小巴车经过门口，停了一下。
他攥紧枪，放冷空气通过肺叶的警戒线。
肾上腺素听见紧急集合，胸腔里
正建造一个军港，吞下骇浪和碎石，
吐出水兵和驱逐舰。他在头顶
修了一条跑道，收到塔台指示
放飞三架战机。他左手握着反坦克导弹，
右手操纵雷达，两艘舰载机
在肩上待命。他的脚下埋伏着
火箭和狙击手，腰间挂着弹药库，
心里飞奔着一万个特种兵。

晨曦青白，新兵的脸火红。
一场联合作战演习在三号院落下帷幕。

良　田

我种下沙葱

长出雨水

种下左手

长出缜密逻辑

种下骆驼

长出绿洲

种下颠簸机翼

长出坦途

种下沙尘暴

长出钢铁纪律

种下萤火虫

长出明月夜

种下鹰的羽毛

长出目光如炬的哨兵

种下补给车

长出妈妈的信

种下一根分三次抽完的烟

长出一段还在做的梦

种下带刺的花

长出青松墓园

种下稻草人

长出教堂

种下女记者的泪

长出姐姐和爱人

种下秘密

长出不会飞的鸟和不会游的鱼

种下一盏灯、一个房子

一只东张西望的旱獭

长出三个人的哨所

我种下我

长出我们

蝶　翼

狭小舱室如鲸须
排列于黑色潜艇孤独的入口
我们分布在这头巨鲸体内
奔跑，半醒，待命

舱门关闭，时空消失
大海被丢到天上
巨鲸潜入海底
认知时间的线索来自
值更班次以及不断调时的
钟表，逆时针旋回

我们穿越时区
已知又成未知
雷达坐标持续闪烁
世界与我们
互相打探

时间倒流，空间推进
当它们在某一点重合
我恰好张开手臂

撞进迎面而来的
蝴蝶的身体
从此生出一对翅膀
对抗幽闭

喀喇昆仑心跳

班长，请你双腿挺直脚跟并拢
脚尖分开六十度，站成一把
等腰三角尺，然后找到
地形图上的蓝色地带
好带我们深入虎穴

班长，请你挺胸收腹收下颚
上个月翻越达坂木孜吉里阿
滚石砸中牦牛，你掉进了冰河
我们绷紧每一寸肌肉
才把你拽上来

班长，请你两肩后张、身体前倾
你总说我们是塔什库尔干的树
冲击暴风雪要保持战斗姿势

班长，请你睁大眼睛直视前方
辨认北极星的方位，我们要走到
那片星空下面，支起帐篷过夜

班长，请你保持警惕，握紧你的枪

严寒、野兽和越境者即使各怀鬼胎
也会屈服于你的怒吼和子弹

班长，请你眼观六路、耳听八方
是不是移植了喀喇昆仑的心跳
你才不愿离开？

班长，请别在这个冬天沉睡
请你醒来，再站一班岗
如果站不动了，那么请你睁开眼
把枪，放在我们手上

射击考核

据枪准备。把子弹压进枪膛
我听见"哒"的一声
一朵白玉兰开在清脆的四月
百米外的靶心轻轻摇了一下
我的枝头也晃起来

闭上左眼，放慢呼吸
我看见一只鸽子，沿着我预判的轨迹飞
第一发子弹射中蜂巢
我看见庄稼，匀速拔节
第二发子弹射中野兔
我看见石头，垒成小塔
第三发子弹射中壕沟
我看见钢盔，缓慢移动
第四发子弹射中掩体
我看见百米外，一个黑洞洞的枪口
我扣压扳机，右肩窝一震

最后一发子弹
正中靶心

特殊战友

清晨，我给锅炉添完日出前
最后一车煤
听着大火噼噼啪啪，吞掉
黑黢黢的煤块
炉膛中，有东西亮了一下
很快又灭了
我推着空车，迎着乳状晨曦
往回走。风很硬
路边碎石是我滚落一地的心事

上午的操课我又没去
班长让我继续休息
高原病没有缓解的迹象
我躲在窗户后面看他们训练
冰河是我再坚持也蹚不过的障碍
放弃吗？

巡逻队要出发了
我帮着他们清点物资装备
伊里哈姆说，今天夜里可能会下雪
我扎紧干粮袋，扎紧我的心

不让悲伤跑出去

队医准备去巡诊
我申请跟他一起去，连长同意了
翻越达坂时，队医不小心
掉进了冰河，我使出所有劲拉他上来
我知道，我把自己
也拉上来了

回去的路上，经过你。
爸，你的墓碑干干净净
我的战友常来看你
他们说，我已经长成了你的样子
像苦行僧。
是啊，我差点忘了
我们也是一个连队的战友啊

爸，我终于敢来看你了
你能辨认出我的样子吗

昂船洲之夜

弯曲道路通向小山深处
热带乔木遮住营房新刷的蓝色屋顶
我沿海边小径走

路灯依次亮起
塔楼、小叶榕和山坡上的哨位
在蝉鸣中静立
海水拍打礁石的声音渐弱
这让我想起离港军舰
远去的背影

军港一点点暗下去
对岸
霓虹升起

一条金环蛇游过士兵们刚刚
用汗烘烤过的地面，消失
鸟儿观摩了一天的操练，睡了
才一会儿工夫
训练场上那一枚枚绷直的钉子
就都不见了

寂寂夏夜

整座营盘仿佛被谁的手

移入地下

像一艘即将蓄满动力的潜艇

准备，在风暴到来之前

把维多利亚港的黄昏

温柔地藏起

深蓝一刻

地理书记载，暖流与寒流相遇
易形成海雾。
雷达和肉眼于是搜索
深浅不一的海水。

远处没有新发现，
舰艏在蒸笼里午睡。
除了随舰记者，
似乎没有人看见
那头尾随的虎鲸
正劈波斩浪制造一个漩涡。
它披挂的黑白色块
仿佛士兵的铠甲，
在赤道逆流中闪烁。

灿烂以秒为记。
虎鲸改变了航线。
气孔喷出的水雾
变成斜的水柱。
洋流交替中，
虎鲸转身告别海上巨擘。

舱室不易察觉地晃了几下，
航泊日志的第七页
飘在咸的风里……

记者拨通海事卫星电话，
晕船的老鼠抛下冰原深处的梦
纷纷跳下海去，就像坚信自己
也能制造一个大大的漩涡。

星星连

三连静默在山窝子里。
山外面是炊烟和四季，
山窝子里只有风。
一班长刚出阵地，
还分不清日月辰星和二十四节气。
连长递来一根烟，
一班长猛吸一口，
点着了风阵里的星。

连长你说，这星星和月亮是不是咱三连的？
可不是吗，山沟子里只有三连嘞！
最大的那个是二班长，
一个人能扛两百斤钢管。
东边那个小的是庄能武，
精瘦精瘦，跑得比风还快。
西北边那个是俞耕耘，
成天念叨着把女朋友追回来，
没有手机信号用脚追嘛！
连长你看那月亮像不像啸天犬的鼻子？
我看更像我娘烙的饼！

两个异乡人坐在山包上谈起了故乡。

月光清朗，故乡什么模样。

一班长摸摸口袋，

故乡在薄暮时分爱人投出的信里。

星星掉进河里流向故乡，路途遥远

他们看不清故乡的模样。

沉默中以一根烟赌明早的日出

是五点五十还是六点十五。

六点整他们走向隧道西口。

金光闪闪的山窝子开始冒青，

啸天犬趴在河边瞌睡。

昨夜梦里，他们想起了故乡的模样。

"楼前流水江陵道，鲤鱼风起芙蓉老"

连长记起了故乡的梅雨，

一班长吃光了烙饼上的芝麻。

两个异乡人相顾一笑，

隧道口躺着两截掐灭的烟头。

雨夜八分钟

骤雨送来寒夜的警惕
押运兵们把骨骼绷紧
第一站将在八分钟之后抵达
途径轰鸣，抑扬顿挫

七分钟
车轮在铆钉上减速
十一月的风声一意孤行
列兵听见独腿夜枭遁入草甸
一根残破的羽毛
稳稳落地

六分钟
车头传来呼哨
铁轨得令开始摇摆
车钩成双成对加入论战
火花败下阵来

五分钟
他握枪的手越攥越紧
视网膜如临大敌

脚心在寒夜中微微冒汗
眼睛跟着支线
飘向荒原

四分钟
他杵在门口
像一块疲惫不堪的亚克力板
五脏六腑即将陷入昏迷
耳蜗和动作要领把胃
碾成纺锤

三分钟
忽然什么声音响起
列兵一个激灵在夜幕下抖擞
肩膀被一只温热的手掌唤醒
熟悉的身影
默立于右前方

两分钟
老兵背影仿佛雕塑
压制了所有动荡纠纷
列兵的耳蜗瞬间恢复通联
动作要领各就各位

一分钟

七八个星天外

铁器在枕木上方滑行

列兵上前一步

准备收容黑夜无端

列车制动停靠小站

犬吠柴门中

一灯如豆

资历章

一年章，绿色。
在四百米障碍训练场，连长把雷声
塞进嗓子眼儿："怎么这么慢！
一个个都没吃饭吗！下一个，快！"
他的视线落在我身上之前，我已经
向猎豹借了四肢，跟鹰借了眼力，
把石头装进膝盖，腹部绑着荆条。
我把坚硬嫁接在骨头上，猎豹、鹰
石头和荆条在九年前的这一天
从我身上发出芽来。

二年章，蓝色。
这一年的封山期格外漫长，
盛夏将至，终于接到了开山的命令。
六百里山路是摸不到尽头的毛细血管，
推雪车停在最后一道天门前。
两侧是绝壁直插云端，只容一车通过。
山崖上的雪像一排定时炸弹，没有打招呼，
轰的一声就把连长冲走了。他身上的猎豹、鹰
石头和荆条还没来得及跑，
就被大雪掩埋。我摘下帽子，

眼泪砸进雪里，流向四面八方，
却不知该往哪个方向敬礼。

三年章，黄色。
军列停在没有名字的站台。
一眼望去，黑压压的平头和重器，
成千上万的猎豹、鹰、石头和荆条
掀起黄沙。在指挥中心的电子屏上，
无数硬骨头拼在一起，上天入地，
比闪电还快。我想起连长。
在雪的最深处，有他沉睡的钢盔
和醒着的拳头。

离队之前的一个傍晚，我回到
训练场。卸下资历章，
又听到连长的咆哮："怎么这么慢！
一个个都没吃饭吗！下一个，快！"
我带着猎豹、鹰、石头和荆条，
跑进夜色深深。

大地之下

草叶在大地之上，湖面之上
发黄的尖角在地心处颤抖。
雪山在大地之上，冻土之上
汁液流下，高原像盆地滚烫。
怒马在大地之上，沙石之上
蹄印在泥浆深处集结。
密林在大地之上，河流之上
一场大雨，草径染成绛紫色。
惊涛骇浪在大地之上，铁器之上
统一在黑夜匍匐于海沟的大营。
雷霆在大地之上，闪电之上
三天两夜后，收息为莽原的附属国。
子弹在大地之上，手掌之上
弹壳灼烧后落下，是为墓碑。
士兵在大地之上，尘土之上
鱼跃，引燃，钻入弹道。
最后一颗子弹刺穿天空，
士兵回到大地之下。

不死鸟

黑烟即将散尽，那架战机
已化为深坑中的齑粉。
我看见那些鸟，起初是两只，
后来汇入一群。从坍塌水塔
已无法辨认的顶部，冲出。
在小学校孩子们惊异的目光中
越飞越高，像是闪电的回放，
从废墟重返云上的故乡。
还像雷鸣、海啸、龙卷风，
定格了远方一些人的末日。
从此血液停止流淌，
每日的祈愿空洞、颓唐。

太阳就这样坠落了。
在这个暗无天日的正午。
一架战机飞过，没能离开。
我认出他们的脸，出现在编队飞行的
鸟群中。飞离水塔的灰色长机
披挂着楔形光芒，先是在
废墟上空盘旋，最终飞向

令人目眩的太阳的遗址。就这样
一直飞，一直飞
难道真是无脚鸟，
落地便是死亡？

坠落之前的沉默有十六秒，
接着，无线电永远静默了。
终是碰到了这样的选择题——
用坠落交换升腾与轻盈，
放弃收敛翅膀，选择
永不着陆。

就让歌声在田垄，
笑声在操场。
就让陌生人流泪，
让勋章找不到胸膛。

那天夜晚，小学校传出歌声。
那歌声长出透明的翅膀，
在废墟上建造了一座不灭的教堂。

殊　途

离开同一座高山
去往同一流域的黑
掀起同样大小的水花
哺育同样多的鱼
迎接同一场风暴
嵌入同一伤痕的地表
召集同样刻骨的静谧
隔绝同样不规则的惨白
吸纳同一葬礼的泪
躲避同一深度的浊

许多鱼游离漩涡
更多的鸟飞往大海

图书在版编目（ＣＩＰ）数据

云头雨 / 朴耳著. -- 武汉：长江文艺出版社，
2020.11
（第36届青春诗会诗丛）
ISBN 978-7-5702-1871-4

Ⅰ. ①云⋯ Ⅱ. ①朴⋯ Ⅲ. ①诗集－中国－当代
Ⅳ. ①I227

中国版本图书馆 CIP 数据核字(2020)第 205382 号

特约编辑：隋　伦

责任编辑：谈　骁　　　　　　　　责任校对：毛　娟

封面设计：璞　间　　　　　　　　责任印制：邱　莉　　王光兴

出版：长江出版传媒 ｜ 长江文艺出版社

地址：武汉市雄楚大街 268 号　　　邮编：430070

发行：长江文艺出版社

http://www.cjlap.com

印刷：湖北新华印务有限公司

开本：850 毫米×1168 毫米　　1/32　　印张：4.75　　插页：4 页

版次：2020 年 11 月第 1 版　　　2020 年 11 月第 1 次印刷

行数：2480 行

定价：46.00 元